養年

目次

装画　佐々木早苗

著者自装

養年

夜の星

私が
いたずらに
とじこめた窓のすきまから
放してやった青い蝶のゆくえを
追跡していくと
晩秋の日だまりの
原っぱのあたりで
ふらふらさすらう薄翅が

どうすればいいのかわからないしぐさに
揺れながら私の胸めがけて飛んできたのである
意表を突かれ
拍った心音の不整に
こぼれだした鱗粉は
生きたぶんだけの
身のかけらを
私にあずけるように
飾りつける胸から動こうとしない
原っぱで
この小さな道づれを
私はどうすればいいのかわからなくなって
はぐれる流転に

賭けるほど勇気のない私は
この蝶とどこかへ飛んでゆこうか と思ったりする
夜になって
星をかぞえながら
私と蝶と、偶然いあわせたことが
星を一つ増やしたであろうか
それとも、蝶のこぼす鱗粉が
星を減らしただろうか
〈まなざしに　おちゆく彼方ひらひらと　星になりゆく　蝶のまぼろし〉

解題

この詩を原型に制作した詩劇作品が、二〇二四年五月に劇団ふたり座によって試演された
演出・装置・音楽・美術などは私と妻が担当した
私はこれが詩劇になるとき、自然な感覚を失わないまま小さな詩と変らぬ効果で苦しそうに納まる詩の小箱から蝶を解放できるのか不安もありましたが、公演後の野外ステージの観客からこんな質問が飛びこんで来たのです
　A　ほんものの蝶が、生きて演技したのですか？
　B　私はその夜、蝶といっしょに原っぱに寝たのですか？
これはこれから私が果せなかった、十八歳未満でもお断りしない自主映画として生れ変ることが決まりました
その撮影にはキャストを募集し、私と蝶と原っぱ――三役で演じた一幕ものから、なかなか夜の明けない長編映画へ転換させる構想を練っています
明日が晴れるか、曇りでも雨でも天気に左右される偶然のロケ地で、私と蝶と原っぱの舞台を置き去りにして離れゆく詩を見送るかもしれません
一緒に〈まぼろし〉と対話しませんか

橇の真実

峰を下りる橇は
くりかえし　くりかえし
乗せるひとを換えて
どこかへ届けにゆく
それがこの
山懐の慣わしなのだろうと思っていた
私はすっかりすべり覚えた
橇の切っ先で

雪をけずる勢いが
止まらぬ見知らぬところへと運ばれながら
浮遊の怖れの感覚に陥ったことがある
橇というものの
永い愉しみの安寧をねがう途上で
ふと
木々の間に
死にかける嬰児を這わせ
だれひとり
いのちを捨てて遊んでいるのを見たからである
もどれない世に
くりかえされる産れがあるとすれば
こんな情景なのだろうかと思った

軽いめまいのようなものを感じた私は
巨木の根で停まった橇と
麓まで下り
幻影の体験の一部始終
聞いてくれる人を探しまわったのである

旅の灯り

私はかつて
山の暮らしを尋ねる旅にあった
学生最後の年の秋
一輪の傾斜にゆれるそよぎのなかで
村はずれの坑道にさしかかり
金脈のかれた数軒の家の前を通りがかった
ちょうど落盤で生き埋めになった青年の
白い煙はたちのぼって　かきだされるようなダミ声が

吐く弔いの最中であった
懇意の老人に聴き取りをたしなめられて　私は
酒のこぼれる匂いに群がる地図を懐に
切られる思いで
逝ってしまった生きてしまった
若く老いる日のことばかりを考える
こんなときさえ　脚の皮膚さらすまつりがあるのを知った
まつられるひとびとが消える祭りへ
ともにひとびとと発って
もどらない村をとおざかると
弔いは終っていた
幻のような事実が
照らす灯りとなって

胸のポケットは
旅の手帖を蔵った

天が瀬橋

行ったり来たり
天が瀬橋
饅頭が金色の湯気たてて
流れの吊橋の
吐気に
転んだばかりの胎児が
元の死に場所に帰ってくる
ちゃんと

生きねばならなかった
背中の
母が橋の下にいる

アルバム

峡谷にかかる吊橋が
はげしくどよもす風量に揺れ、凍っていた
避けがたい惨事の顚末は
身籠った母の日記に書き留められている
――流れた いのちをゆずりわたす 生れかわりへ……
難産で生れてきた私を
取上婆は「死んでいる」と思ったらしい
泣き声を上げない

未熟の小さな「生れかわり」に
境涯の荷を負わせ
幻の弟を演じるはめになった私は
流れものの代わりから転生へと向かわない
前身にひきずられる気後れに
春の芽を出せない鬱屈を自らゆるしてしまったのである

夢でときどき
丸太の凍る橋の「貴方」が渡っていく
縮まらない長い影を追って呼んでも捕えられず
風の子守歌を唄いだす
——なりわたれ なりわたれ とぶ鳥なって とんでゆけ
吊橋を失くし

茫然と広がったダムの上を
幻影が渡っていく
「貴方」の不在で　私は死ぬのだろうか
しかし
母が胎児のうちに死産させたように
私の内に孕まれた幻影を私はこわしたくなかった
私は出生前よりさらにさかのぼって
死を忘れた人々の光景のなかで
つぶさに営まれている体験を記憶したかった
私は
なつかしい過去を　異国にしたくなかった

納豆おばちゃん

旅籠町の
納豆おばちゃんに
知らせていない霊感がとどく
「マツ 来るの わかってたよ」
納豆おばちゃんの家の
おじちゃんがコレラに罹り
隣のお稲荷さまに祈願したら
出てきたのは品のいいお婆さんだった

「助けるお礼に
よその神さまに分けるので
饅頭壱拾五箇、供えておくれ」
お告げは守ったしっかり治った
でも
納豆おばちゃんの家の
おじちゃん
南方の戦地から還って来なかった

神社の近く
しゃがんでいると
無かったはずの川があらわれ
たちまち竹籠のボタモチは消えていた

そこを通った若い男が
大きな祠へ「こんなものウソ」だと
小便をかけたら
その年の秋　発狂して死んだ
母の話が
幼少の私に
信ずるに足る世のあることを
想い描かせた
母の母の姉
納豆おばちゃん

年を経るほど　旅籠町からは
自分から遠いものが見える

作文

小学生だったころ
「鍵穴 覗」という作文を書いたことがある
ちょっと変な名前のそれは、幻想的で
決して赤い花丸などもらえない性質の作文だったのを覚えている
もう詳しいことを忘れてしまったが
どこからか転校してきた鍵穴覗君が、よく学校を休んで
人の屋敷の玄関の鍵穴をのぞいて歩く話だった
彼は子どもたちの間では背を向けた無口な子であったが

外では大胆だったのである
しかし盗癖はなく他人の玄関をのぞいて起こすいざこざは
しばしば警察の厄介となった
「なぜおまえは、人の家のカギアナなどのぞいたんだ？」
少年は黙秘したが
あるときふいに答えた言葉が彼の人生を惑わすことになった
「父がカギ職人だったので　そこから何が見えるか　興味があった」
「何が見えたのか、言ってみたまえ」そこで問答は切れた
壮大な世界を見失っていた彼に答えることはできなかったからである
彼には、磁石を引きずりながら町を押し歩くリヤカーで屑鉄を運ぶ
生計を支える仕事のことまで、とても人に言えなかった
ほとんどみな下位だった学業成績中
「工作」と「作文」だけは人並外れて優れていたというが

それさえ事実なのか、彼の自惚れに過ぎなかったのか、わからない
それでも、この世を「工作」すれば自分の家が建つ
「作文」によって書き換えられる人生が自分にもある
と 真剣な妄想を抱きつづけた
夏休みが明けると　彼はもう学校にいなかった
夏休みの工作課題として選んだ、手造りの「鍵穴 覗」という表札が
転地先の海辺の家の玄関へひっそり下がった

私がこんな物語のような作文を書いたのは
貧しくいじけた少年への愛惜を書きたかったからである
彼が語った
警察の尋問調書に
死んだように光る言葉が残る

鍵穴には一生かけても見えない未来が見える
さしこむまぶしい光の萌芽の
未来そのものを覗くのが　なぜいけないのか?

岡島久雄

同級生の岡島久雄は、ひどく運動も勉強も苦手な子だった
ランドセルを背負った学校帰りのある日、駄菓子屋の先で彼は
赤いキャラメルの「グリコ菓子」をかっぱらったことがある
それを見て追いかける店主と 追いつかれまいとする遅い足のかけっこは、
彼が飛び乗ったバスのドアが閉まったとたん、終止符を打った
「ゴールインポーズ」の菓子箱パッケージの図柄のように
運よく逃げ切り勝ちしたというのである
しかし、バス停ちかく追いつめたハゲ頭の親父の怒気は収まらず、

しばらく岡島の夜の眠りの夢を妨げたことだろう
それにしても、岡島久雄が親友でもない私に
なぜそんな秘密を打ち明けたのだろうか
人は誰でも、触れられたくない過去があるのに
深い谷へ下りて名もない花を探しにゆくような侘しい告白を、
わざわざ私に語り明かすほどの何かがあったのだろうか
きょうだいの死のみ知る私に較べ、岡島の
愛の庇護からまったく剝離された孤児の人生を
たった一度の魔がさした咎で
終りのない悲劇が苦しめるのだとしたら、
それはあまりに酷な話である
どこかで「終りのある悲劇」へ変る日が、来ないのだろうか

普遍

下の弟が、車に轢かれて右脚をひきずるようになったのは、
彼が小学校入学した春の終りのことだった
「いろが、わからなかった」と弟は言った
当時、未舗装からアスファルトへ変える工事をしていた道路で
使われた手旗信号は、「赤」と「緑」と二種類の旗の色だったが、
「手旗信号の色を見誤った、歩行者の過失」として事故処理されたことに
私は少し「変だな」と思った
そこには色盲だった弟への、何の配慮もなかったからである

初めての通信簿で「色覚異常」ということばを知ったが、もしそれが
自分が自分であることの特性だとしたら、どうなるだろうか
実際弟は色がわからない訳ではなく、
なぜか赤も緑も同系同色に見えてしまうのである
信号のどこかに「あか、あお」という色の名前が書かれてあったら良かった
と洩らした弟は、異常や過失とされるくやしさに唇をかんでいた
秋になって「図画」で描いた、右は赤く左は緑の、長袖の服装の色の異なる
作品が絵画コンクール優秀賞をとったとき、彼が肩身の狭い思いをしたのは
〈存在〉を認めてほしかった周囲への気兼ねだったのだろうか
すっきりしない疑問は職業選択まで尾をひいて、
幼いころからパイロット飛行士、建築設計士になりたかった彼が
夢を断たれた末、あえて困難な道へ進むように
デッサン力を生かし任意に選びとる色鉛筆で自分が信じる見えかたの

「幻の色」を塗り重ねる絵師を志すことになったのは、
呪縛する色の識別への復讐を企図したからに違いないと、私は秘かに思う
償われない人生をかみしめながら
自らのさまざまな無念の〈存在〉をぶつけて描く
特異な色彩解放をめざす未踏の前衛芸術へ邁進する彼を思えば
私の胸は熱くなるのである

思い出

財布の紙幣が商品に変ったあとで
たまらなくその紙幣を見返すことがある
人手へ渡って
しまったそれが
ふたたび戻ることのない未練に
なぜ私は捉われるのだろうか
そのわけを
かすかな燐光を放つ

旧い思い出へ尋ねてみたのである

汽車通学の高校生だった時分、私は
母から渡されたＰＴＡ会費へ納めるための壱万円札を
どこかで紛失してしまったことがある
登校して、先生は警察へ連絡してくれたけれど
汽車賃と一緒の財布からうっかり落としたのだとすれば、
それは借金地獄の家を揺るがす事件だった
幸い駅構内で拾った人からの電話によって
放課後、私は急いで駅前交番へ出向いたが、
担当の巡査は
「届けられた壱万円札が、
確かに君の落としたものだということを

どう証明するのかね？」と問い質した
思い浮かぶ「ＤＣ７１７７９７Ｇ」という９桁の記号番号を暗唱してみた
私は、母から受け取った一枚の紙幣の隅の印字を　何気なく
覚えていたのである
言い当てられ吃驚した巡査が
皺の寄った壱万円札を私の手に拡げて見せた瞬間、
聖徳太子が初めて私に飛びこんできた

いつか忘れる文字とともに
残しておいた大切な記憶の欠落部分というものを
解凍したのは
半世紀も過ぎた日のことである

鬼剣舞

寝床へ臥す晩になると
鬼に出くわすという風習は聞いていたが
三歳になって　肺を病んでいる私の
なかなか治らないいのちを
いのちがけでせきたててくる気配に
「来たな」と思ったら
鬼の手がチャッパ　チャッパ、手平鉦のようなもので
うつぶせに疼く私のくるぶしを叩いた
へだてる肺をあおむけに

たくわえられない肺の音韻を
聴いているようだった
がなりたてる吹雪のたまりに
鬼の太鼓を打って
木戸ゆする音を消したててゆくと
鬼の舌に舐められて尻のひりひりに寒い私は
うるさい鬼をつまみだしてやったが
爪ほどの小さな鬼の手形を
堅い引き木戸の裏溝に残して行った
ツノのない異形の風貌は、いったい
どこから、どうやって臥床までやってくるものか
けものくさい厚着の毛で
のし出たあとの塞ぎとめることのできない吹雪が

枕や布団を濡らせば　深まらない眠りの底が暴れるのだ
外へ放り出されても　木戸の穴から
ぜぇぜぇ音韻混じりの笛を吹き通して
やたら必死に外の侵入を阻もうとしていたらしい
とうとう寝てばかりいられなくなった私は
つぎの年の春
癒えた体で、 山を下りることにしたのである

寝床へ入る晩になると 山の向こうから
まるで地獄の呼び声のようにふりしぼった男の声がする
おまえと一緒にさくらホールのステージに紛れて
おれも鬼剣舞を踊る
その念力でおまえの肺を治したおれの霊力が

通力のない見世物に酔いしれる者どもを覚醒してみせる
おれはおまえを連れて
誰もいない高原の吹きすさぶ風と木々と動物をかいくぐって
天仰ぐ二人加護を踊る
そのとき、遠く
ステージを終えた楽屋で一息つく踊り手たちは
仮面や刀や装束をしまいながら
やっと異変に気づくのだ
「師匠、二人足りません」
「足りない?」
「二人が脱走しました」

鬼剣舞を「鬼にする」のは鬼なのだろうか!

大谷翔平

奥州が
平泉へ系譜するアテルイと
強靭に結ばれた血統に
欺きの斬首を赦しえぬ
幻の白河の関をたちあがり
血の匂う
賭けを嗅ぐ
「雑種も、勝てば良血」に

与しない思想が
やすやす中央をすっぽ抜け
ひとまず、
宇宙よりも遠い場所へ滞空する
大谷翔平の荒野が見える

草野球

少年野球のピッチャーだった私が
塁に出してもホームをふませない得意を挫かれたのは
指のマメで落ちてしまったカーブの球威に
たった一度与えたホームランだった
家のフェンスを越えたボールは
そのあといくら捜しても見つからなかった
日暮の早さはつるべ陥としの九月も終りごろだったと思う
どこでもうろつく野犬が咥えていったものか

垣根の向こうの親父が怒りの罰の記念に葬ったものか
ボールだけがそれを知っている

引退しピッチャーの役を下りた私は
それからずいぶん歳を老って
多くの失点を重ねてしまったが、
あのとき打たれたホームランボールの一球は
どれだけ失っても失いきれない
最大の得点だった
草野球が
幸福に飢えた人生を
狂わす訳にいかないように
泥まみれのゴムボールを手に

大人になった私が子どもと遊ぶ公園で
呆然と飛球の行方を追う
おのれを見ていたのである

疫病流行記

唱える早口言葉によって
疫病が退散するという噂は広がって
周囲に群がる病原体の
ポンポン唾とぶのを押さえながら
お魔事無は浸透していた
奪い合いの小競合いとなったマスク事件は
異様な社会現象として
見えない不釣り合いな闘いが

焦燥のうちに早口言葉の混乱を招いた
そんなとき現れたのが
啼かずに喋る鸚鵡だった
罹る心配のない鸚鵡の
太く曲がる嘴へすっぽり包むマスクはあてがわれ
覚えたての早口言葉の連発をほしいままにした

ラバとロバをくらべたらロバかラバかわからなかったが
レモンもメロンもペロンと食べた

羽を切られても
籠を抜けだした鸚鵡は
あてのない旅に

言葉がだんだん早くなっていくのを覚えながら
友を花に　花を唄に　唄を鈴につけて
南へ歩く
さながら
遮るもののないところで
マスクのずれを直してくれる人があり
その礼に喋られた早口言葉は
矮小な疫病を念じる意気で膨らむと
演歌やフォークソングの小節を
唸るように太い喉へ負わせた
大きな栗の木の下で
見ているひとはなぜ
鸚鵡に手をふるのだろう

とべない鸚鵡の
空想が空をとぶからだろうか
中華飯店の坐席から人も絶えて久しい
道ゆく流行の服は所在なげで
逆らえないゆくえに投げるコインさえ
返らない答えを待っていた

　　となりの客はよく柿食う客だ
　　客食う柿は何食わぬ顔で掻きこむ柿だ

かずかぎり繰り出す言葉が
つぎつぎ　ひとびとに　伝染してゆくほど
捌け口を探して遁げる疫病は

自然に潜りはじめた
疫病駆逐の試みのあいだにも
絶えない惨劇は起き
なぜそれが惨劇と呼ばれる劇なのか
虚構のなかに住まう現実を問うものはなく
ひとり鸚鵡だけがそれを訝しんでいた

大きな栗の木の下の
耳うならせ聴かせた小歌のかげに
無用の鸚鵡がいてくれる涙は流され
とべない鸚鵡が
想像力より高い空を求めて
それを上回る早口言葉の錬成につとめ出せば

言い間違いだらけの吃音を解放し
のたうちまわる失語を開く
幸不幸を仕切らない汎心が
空とぶ鸚鵡となって蘇るかもしれない
変身への願いが
どこかで羽搏いている

鳩

なぜ鳩を、私は好きになったのだろうか
なめらかに群れ翔ぶ円環の弧線を仰ぎながら
呼べば、一吹きの口笛で帰る
空から感激の高鳴りを胸にして
小屋のトラップをくぐる
鳩の生き甲斐まで、私は羨望したのだろうか

飼う人の手つきで

餌を呉れるのが誰なのか分かる
懐いた鳩の可愛らしい鳩胸に寄り添って、
うっかり新参の鳩、気の荒い鳩に手をさし伸べたりすれば
小学生の私の指も腫れるほど啄まれ
攻撃する鳩の目の鋭い興奮が
敵対する啼き方というものを私に教えたものだ
古いトタン板屋根と金網張りによって手作りした
木造鳩舎が私の学校でもあったから
「鳩の飼い方」という分厚い教本を離さなかった
なぜ鳩は帰るのか
帰る家があるから帰るのではない「何か」を私は諭された

鳩舎を襲ったイタチが

首をかき切ってみせた陰惨と血の匂いは、
小屋の不備とともに私を省みる事件となった
のちに再び敵襲に攻略されたとき鳩を飼うのをやめた
なぜ鳩は帰るのかと
自問しなくなった私は
妙に人間が帰らないのを訝って
逢いに
帰らないで
疎遠になった「兄」と「弟」の
兄弟船が遭難する海の
荒れの鎮まらないのを憂えた
親戚を殖やしてゆく土着と
親戚を否定してゆく近代と

危うい均衡すら失ってから
めっきり鳩舎も少なくなった
しかし、野種の土鳩(ドバ)がいるかぎり
人里の空に美しい姿を見せるけれど
追放された鳩の廃屋の送電線の上には
離れようとしない鳩が残る
その
呼べば、一吹きの口笛で帰れない
動きの鈍い鳩が
「何か」を捜すようにしているのを
私は見逃すことができなかった

初めて観た

画廊ピカソ展の石版の「鳩」（一九五二年）が
私を激しく捉えたのは、画家が
みずから飼って愛した鳩の
対象を見えるようにではなく、
「何か」を思うように描いたものだということを
直感したからである
それは「平和」の象徴から遠く離れて
虹を背に、広い画面いっぱいの社会へ翔びたつ翼の下で
縮めて丸めた脚がつつみ隠す
葛藤に凍えるような傷心を
いたたまれない無垢ないのちが抱きとめている姿だった

このごろ、時間が未来から過去へ向かって流れる

旋回する鳩を　少年の日へ
私は、引きもどし、送り返すようになった
「たいせつな鳩を　あなたの人生で汚さないでちょうだい」
そういわれるからである

「山上容疑者」

「事件」つづきの日々
剝がして貼り、くりかえし剝がして貼るスクラップ記事を整理できないで
思い迷う男は私なのか、別の誰かなのか。
私にはすっかり私が何者であるか、わからなくなってしまうので、
私はさまざまな姿に身をやつしましたが、今日も
私を捜す「事件」の登場人物のなかへ、導かれてゆくのです。

父を自殺で亡くし、
母が世界平和統一連合（旧統一教会）に多額の献金を繰り返したため、
暗闇の中で地をはうような生活を送ってきた山上徹也容疑者（42）。
あの日、あの場所で惨劇が起きたのは、決して交わることがなかった二人の人生が
初めて重なった瞬間だった。

兄妹のことは気がかりだった。

兄は小児がんを患い片目を失明。

「自分が死ねば経済的に困窮する兄妹に死亡保険金を残せる」。

そう考えた山上は05年自殺を図ったが失敗。


華やかな安倍の再チャレンジとは対照的に、派手さのない、地道な日々が続いた。

曇りがかった夏空の下、轟音が二回響き渡った。旧統一教会への積年の恨みを晴らすべく放たれた凶弾は、安倍を撃ち抜いた。


２０２３年1月8日岩手日報「安倍氏と容疑者　交わらなかった人生」（共同通信配信）

夜づれ

夢をみたいから眠る
それだけで闇夜のなかの居所へ
たとえば
柔道の思い切りのいい大技を
投げ入れる
熱い夢の坩堝に大胆な見世物を張って
「背負いなげ」の
屈んだ相手の背中の包容で

恍惚は明るく耀く
華麗な捨身にくるまれ
下腹へあてる足裏の凜とした杭に
忽ち空中浮遊していく「巴なげ」の邂逅を
一縷の別離は支える
何につけ
相手の襟首つかんだ攻めの柔道を
組まされないで
なぜこの夢は　闘いに賭けないのだろうか

しかし
覚醒すればまたおそろしい
魔の抱擁のうちへ戻らねばならぬから

ゆきどまる夢の路地で
畳の下の甃が、ぐっしょり濡れる地母神をつれて
地霊の幽玄水をそそぐ
虚実のみえない
一瞬の長い旅路を
ふいに私は辿ることがある
夢のためなら
ためらいなく　破片でも
拾いに出かけてゆく、夜づれの仲である

人生の夜に

もしもの話だが　夜が
日々の退屈や不平を
潑溂に変えることができるなら
昼より長けた人生を
短か夜に送れるのでないか
謎を深める　夜が
秘めている　世界をひきこむ
夢の大半を

どれだけ冷徹に目醒めていられるかで
その成否が決まる
人生の
常識を裏切る逆転の魔力に
惚れこんで
たとえ満たされない昼へ
返り咲かない顚倒が起きてしまっても
呵責を感じなくていいのだ
なぜなら
夢ひらく人生の夜に　あなたが
信頼された証拠だからである

場末の酒場で

有線放送から低く「東京流れもの」という演歌が聴こえている
客はひとりだけの、場末の酒場のかたすみで
ママがそっと打ち明けたことがある
「何もしないでも、人の心の中が見えて
まるで自分の心の中のように見えてしまう人っているものよ
胸のなかにしまっておいた大切な想いも、将来の行く末までも見えてしまう
人って……」
「まるで占い師みたいだけど、そんな人は滅多に、ましてや身近にいません

よね」
少しはにかんで「わたしがそうなの……」とママはうつむきながら言った
深夜に及ぶ長距離運転の居眠り事故で疲弊した心身を和らげてくれるものを
もとめスナック「どん底」で呑んでいた私の心は人との疎通から遠く隔てら
れていた

私が中学に入ってまもなく越中富山の薬売りが、家の玄関の敲きに重い行李
を下ろし、胸の疾に効くという薬を置いて行ったことがある
それは薬というより、かざすだけで人の心が見える小さな手鏡であった
何やら怪しげな鏡と思った母は「魔性が憑く」と言いどこかへ隠してしまっ
たが、質屋から骨董屋へと渡ったそれは一所不住の運命をたどったらしい
すっかり忘れていた鏡のことを思い出した私は風聞をたよりにおびき寄せら
れるように　物証さがしの尋ね人となって突きとめた先が不法投棄された藪

の中だった
見覚えのあるそれを私はいたわるように優しく持ち帰った

点滅するネオン街から遠く隔てる「どん底」へふと立ち寄ってみたくなった
巷ではわびしい唄が流行っていた
「ママは昨年、還暦を迎えた冬に、急病で亡くなりました」
若い娘のママが店を継いでいた
コップ酒を呑みほして私は、しだいに人の心の中が摑めるようになった身の
上を、故人に捧げるように語った
するとママが私に宛てて遺していたという一通の手紙を唐突に差し出され、
それを咽ぶように読んだのである

ほろ酔いの勢いで「わたしには人の心の中が見える」と言ったのはわたしの偽りでした。それは嘘であなたを欺くためではなく、人が見せまいと固める仮面のなかにひそむ悪意をあなたに破ってみせる人間になってほしかったからです。しかし、それも過ちだと知りました。見えすぎて困る心眼から復讐される、墜落への誘惑がひそんでいると思ったのです。とつぜん行方をくらましたわたしは、生きるもののつくりだす虚構にすぎない「あの世」へ半分しか見えない現実の、残り半分を見るために亡命しましたが、心をうつす手鏡がなくとも魂が一つとなりやすい者たちと暮らしています。

漂泊いのあなたが九紫火星に生まれ二黒土星へ入ってやっと山水蒙の虚心を得、火天大有の頂の天祐を授けられるでしょう。

わたしはこれから、身がいじめるあなたの陰陽両虚の偏りを養ってゆけるよう禍福ひとしく巡る自然の宿りのなかを疾走します。

花が散るとき　ひとしれず生れる蝶があるように
何かが滅ぶとき　必ずどこかで何かが甦る

かしこ

〈まぼろし〉と対話するようなカウンターで
ぽいとビールの栓を捨てるように
目にたまるひとしずくの海を
泣いてしまうわけにいかない
生命ぎりぎり私は酒場の夜明けを押し開いた

あとがき

短詩によって「私の原郷」を訪ねた詩集『夏の砦』から三年たって、私のなかへこみあげてくる自叙伝や幸福論のようなものへの熱い思いが、そのうち文字を忘れる日が来る前に、これらを書きとめさせたのであろう。

小品「天が瀬橋」（現代詩手帖二〇一四年九月）を除けばみな一年ほどのあいだに書きおろしたものだが、永年の日蔭の裏通りのさすらいびとへ夢の養い火をかざし、どんな影絵を炙り出せたのだろうか、辿ってみて私は「のぞましい現実」を作りたかったのではないかと、今つくづく思う。

出すにあたりこれまで私を支えてくださった方々に心より謝意を表したい。

二〇二四年九月　　　照井知二

照井知二
1955年岩手県生　2021年詩集『夏の砦』（思潮社）刊

養年

発行　二〇二四年十月三十一日

著者　照井知二

発行者　高木祐子

発行所　土曜美術社出版販売

〒162-0813　東京都新宿区東五軒町三—一〇

電話　〇三—五二二九—〇七三〇

FAX　〇三—五二二九—〇七三二

振替　〇〇一六〇—九—七五六九〇九

DTP　直井デザイン室

印刷・製本　モリモト印刷

ISBN978-4-8120-2865-0　C0092